永遠の虹

アキ★ラビスタ

Parade Books

目次

虹をかけるアス

ここは、どこの世界なのでしょう。家族、友だち、村のみんなのために、タヌキのアスはネックレスを作っていました。作っているときはどんな物音も、耳にはとどきません。

「よし、できた！　今から村のみんなに渡しにいこう。今日も笑顔をたくさん見られるといいな」

そんな毎日を過ごしていました。

ある日、アスの手が止まりました。ネックレス作りに必要な木の実が手に入らなくなったのです。泣き声や叫び声も聞こえるようになり、まわりから笑顔が消えていっているのに気づきました。どうすればいいのか、ネックレスを作る道具を片づけるのも忘れ、アスは家を出て、何度も転びながら、大きな橋をわたり、気がつけば村の長老のもとをたずねていました。

「あの虹のかかるところに『永遠のネックレス』がある。それを手に入れると、世界のみんなが笑顔になるらしい」

白いひげをたなびかせ、長老は村の言い伝えを話しました。空に届きそうな丘のてっぺんの風が、アスに強く吹きつけました。

「永遠のネックレス？　長老、それはどんなもの？　何でできているの？」

「それはわからない。ただ、言い伝えによると、涙が流れるほど、美しいものらしい」

長老から食料をもらうとアスは、虹の方へ走りました。いつしか虹が消えても、迷わないように頭の中で空に咲かせました。

どれくらい草原を走ったのでしょう。川辺で、一匹の若いサルが頭をかかえていました。アスは気になり、近づいて声をかけました。サルはそよ風にも消されそうな声で言いました。

「ほら、あのこわされた橋のほうを見て」

こわされた橋の向こう側には、若いキツネが立っていました。間を流れる川は、巨大な壁のように感じ、ところどころに渦を巻いていました。サルが手を振ると、キツネも大きく手を振り返しました。すると、かけつけたキツネの親がそのキツネをカミナリのような声でしかりました。

「ほら、このとおり、この村ととなりの村が争っているんだよ。見た目や考え方が違うってだけで。もともと一つの村だったのに、あの橋もこわされた。となりの村にたくさん友だちがいるのに……」

サルが横に落ちていた石を川に向かって投げると、耳をふさぎたくなるような音色がしました。

アスは何か助けることができないか考えましたが、どうすればいいか思いつきません。

「ごめんね。何も力になれなくて」

「いやいや、あやまらなくていいよ。真剣に考えてくれるだけで嬉しいよ」

「あのね、永遠のネックレスをもとめて今、旅をしているんだ。それを手に入れたら、世界が笑顔になるんだって。だから手に入れたら絶対ここにもどってくるね！」

「ありがとう。楽しみにしているよ。ところで君の名前は何ていうの？　僕の名前はハテ」

「アスと言うんだ。待っていてね」

ハテは大声で、橋の向こうのキツネにそのネックレスのことを伝えました。

「木の実でできているのかな。石でできているのかな。ネックレスは何でできているのだろう。どちらにせよ楽しみだなあ」

キツネはにっこりとし、想像をふくらませました。

「そんなおとぎ話のようなネックレスあるわけないじゃない。さあ、はやく帰って勉強、勉強」

親はキツネの手を引っぱりました。

「アス、ハテ、ありがとう！　楽しみに待っているよ」

キツネがそう言うと、三人は満面の笑みを浮かべました。

頭の中で虹を咲かせ、アスはまた大地をかけました。夜がおとずれて空が星であふれても、同じくらいかがやく虹を咲かせました。

どれくらい太陽と星は入れかわったのでしょうか。気づくと砂ばくの中にいました。日中はさすように暑く、目には砂つぶが入りました。アスは歯をくいしばり、ふき出す汗をぬぐいながら前に進みました。すると遠くで白い鳥がうずくまっているのを見つけ、アスは急いでかけよりました。

「大丈夫ですか?」

鳥はゆっくりアスに顔を向けました。ずいぶんとやせ細っています。急いで、木の実を渡そうとしましたが、鳥は受け取りません。

「あなたが食べて。でないと、あなたも私のようになってしまうわ」

アスは大地がゆれるほどに叫びました。

「見過ごせるわけないじゃない!　さあ、はやく食べて」

鳥はアスの目の奥をのぞきました。

「ありがとう。このご恩は一生忘れないから」

鳥は生気を取りもどしました。きっとアスの優しさも、栄養となったのでしょう。

「あなたの名前は?　私はイベ」

「アスと言います」

「いい名前ね。アス、これからどこに行くの?」

アスは旅の目的を説明しました。

「すてきな旅ね。私も世界中を飛び回ったけど、そんなものがあるなんて初めて聞いたわ。ねえ。見つけたら、どんなものか、何でできているか教えてね」

「もちろん！」

「さあ、また迷惑をかけられないから元気なうちに飛び立つわ。またね」

「さよなら」

イベは翼を広げ、砂煙をまきあげると、天高く飛びました。

ばさバサ　ばさバササバささ

夕日はイベに黄金色の服を着せました。

『ほんとうにこの世界は平和じゃないの？』

アスは口をぽかんと開け、イベが空にとけるまで、そのすがたに見とれていました。

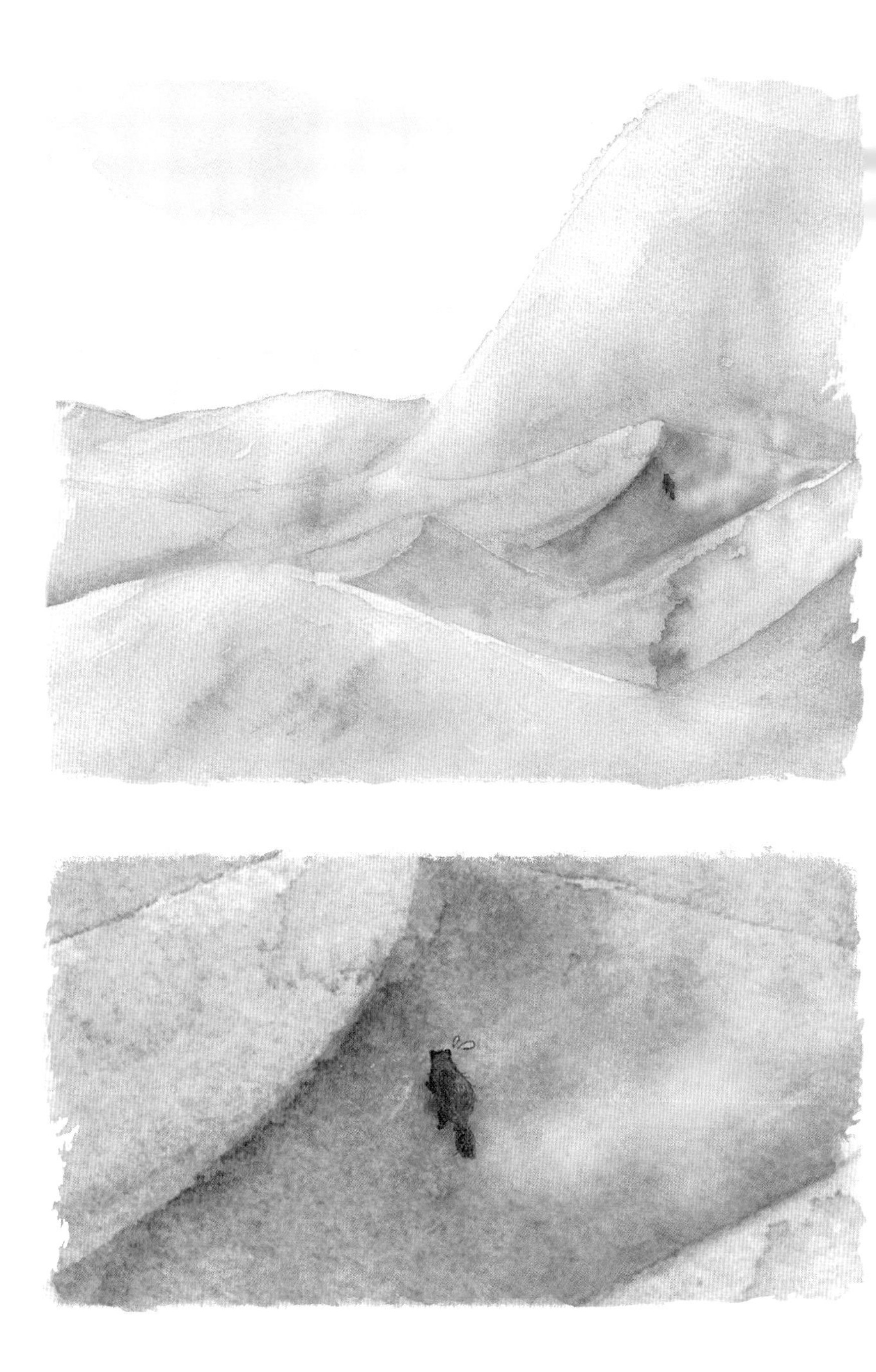

虹を咲かせ、来る日も来る日も走り、アスはやっと砂ばくから出ました。すると目の前にリスの子供たちがいました。どうやら井戸に水をくみにいっているようです。アスは目を星のようにキラキラと輝かせ、声をかけました。

「みんなの笑顔のためにしているんだね」

いきなり声をかけられたのでリスは目をまるくし、

「そ、そう。み、みんなの笑顔を見るのがとても楽しみなんだ」

アスはネックレスを作っていたときのことを頭に思いうかべました。

「けどね、けどね」

リスの声はしだいに悲しみをふくみます。

「木々を切りたおし、水が出なくなって、川も汚れて、こんなに遠くの井戸まで来なければいけなくなったんだ。最近では食べものも不足したり、資源も不足したりで、それらを奪うため村が村をおそい始めたんだ。ねえ、間違っているよね？　そんなことしてはいけないよね？　なんでそんな簡単なことに大人たちは気づかないの？」

アスは顔を下に向けました。

「ごめん、何もしてあげられなくて」

アスは力いっぱい大地をけりました。はやくネックレスを手に入れるぞ。そう心のなかで、つよく誓いました。

アスは虹のとなりにリスの笑顔をおいて、走り始めました。いつか現実となるように願い、世界の果てまで着きそうなくらい走り続けました。

しかし、やがてアスの体は動かなくなりました。木の実も底をつき、丘の上の石舞台で横たわってしまいました。

「永遠のネックレス、どこにあるの？　もうおなかがすいて動けないよ」

風はいつもどおり吹き、夕日はいつもどおり大地を照らします。アスは目を開ける力もなくなりました。

すると、聞いたことのある音が、耳からすっと体内へ入り、心をゆらしました。翼の音。目を開けると、空にイベがいました。

「アス！　応援するために木の実を持ってきたわ」

アスは飛び上がりました。

「わざわざこんな遠いところまで？」

イベはうなずきました。そしてアスのとなりへと舞い降りました。

「こんな広い世界で見つけてくれて、ありがとう。どうやってここにいることがわかったの？」

「アスの足あとを追って、虹のかかっている方へ飛んだだけよ」

アスは不思議に思いました。頭の中で咲かせた虹が、本当にかかっていたなんて。

「けど、いくら走っても永遠のネックレスが見当たらないんだ」

イベはアスの目の奥をのぞきました。

「あきらめないで。いつかきっと見つかるはずよ」

アスは唇をぎゅっと結び、大きく首をたてに動かしました。アスの目の奥が輝いていくのを見て、イベはホッとため息をつきました。

「それとこれ、プレゼントとしてもらってくれない？　私の子供が育てた花の種。旅のどこかで休むとき、これをまいてみて。きれいな花よ」

「ありがとう。その時は大切に育てるよ」

おたがい微笑みあいました。

「じゃあ飛び立つわ」

「え、もう行くの？」

「あなたの足を止めてはいけないからね」

イベは翼を広げると、風の手をにぎり、おどるように飛び立ちました。

アスは空にむかって叫びました。

「ねえ、なんでそこまでしてくれるの？」

夕日色にそめられたイベは、

「私はアスがしてくれたことをしただけよ」

優しく、力強く、そうこたえました。

「だって、命は大切だから……」

アスはたくさん涙をこぼしました。

ずっと、ずっと。

夜になっても涙が止まることはありませんでした。

その涙は風に運ばれ、
星に照らされ、
さまざまな輝きを放つ、ひとつの大きな輪となりました。

風をつなぐイベ

私の死んでしまった子供はどこにいったの？　空をめいっぱい高く飛んでも、草原の草をかきわけても見当たらない。海の友人に深い場所までもぐってもらっても、なんの知らせも入らない。

「イベ、あなたの悲しい気持ちはわかる。この世界のどこかに、風をつなぐカギがあるという。そのカギがあれば向こう側の世界に行けるらしい。それはどこにあるかわからない。今まで誰もそのカギを見たことがないからだ」

季節を何度越えても泣きくれる私に、長老は白いひげをたなびかせ、村の言い伝えを話してくれました。

私は竜巻を起こすぐらいに白い翼をはばたかせ、

「それがあると大切だった我が子と会えるのね。向こうで元気にしているかなあ」

希望は私に大河のように強く、とぎれない力を与えました。私は遠い世界へと飛び立ちました。

あれからどれくらい経ったのかわからない。

雲の中に入ったり、空にかかる虹に落ちていないか探したり、山の木の枝にひっかかっていないかゆらしたり。

「ねえ、我が子よ、どこにいるの？」

ある星のきれいな夜。どこかの街の宝になっていないか、人間の住む街をおとずれました。この街の建物はとても大きく、見たことのない素材でできており、私が一生懸命に作る巣が、みすぼらしく思うほどでした。一方、川の水は選んで飲む必要があり、空はせまく、たまに空気を吸い込むと咳こみました。このように変えることが良いことだと思っているのでしょうか。

実はそれよりも驚いたことがあります。この街の人は、私に目を向けることがほとんどなかったのです。ある時は、すぐとなりを飛んだにもかかわらず！　私は自分が生きているのか、存在しているのか、くちばしで羽をついばんでみた程です。

ある家のベランダの格子に翼をたたみ、休憩していると、誰かが階段を上ってくる音が聞こえました。そして窓が開くと、ひとりの少女がこちらをのぞきこむように見てきました。

「何しているの？」

太陽が大地いっぱい照らすような笑顔で少女は話しかけてくれました。

「あなたは私の姿が見えるの？　この街のほとんどの人は私に気づかなかったのに」

少女は首を横にふりました。

「ううん、気づいている人もいるよ。さっき両親にも言ったけど、『白い鳥がいるね』で、終わったの。ただ私みたいに話しかけようとしなかっただけで」

私は少女に命を吹き込まれた感じがしました。

「ありがとう。大切なものを教えてくれて」

「えっ？」

羽で少女を撫でると、少女は驚いた表情を浮かべました。旅の目的を話すと、少女はあふれんばかりの笑みで応援の言葉をかけてくれました。

「大風にあおられ、崖に体をぶつけ、息を引き取ったのですね……」

「そうなの。息子を死に追いやった風が憎い。どうしてもゆるせない。一緒に歌いながら青空を舞った日々。一緒に楽しい話をしながら食事した日々。夜は私の羽のなかで寝て、そのときの我が子の微笑みが忘れられないの。あの日々を返してほしい！」

少女はうつむき、道ばたでゆらゆらとおどる、雲のように白い花に目を向けました。少女は風のことが、きっと好きなのでしょう。少女と名乗りあい、再会の約束をして、私は飛び立ちました。

「ねえ、我が子よ、どこにいるの？」

どれくらい経ったことでしょうか。

そろそろ休憩しようと川へ降りました。川は夕日に照らされ、まるで地上に星空が広がっているようでした。川の中にさっと顔をいれると、その星はネックレスをつくり、広がっていきました。

「きれいですね」

声のした方に目を向けると、目の前には若いサルがいました。

「ひとつ質問があるんです。さっき空を飛んできましたよね。こわされた橋の向こうにある村はどんな様子でした？」

彼は興味津々に私に問いかけました。

「あなたの住む村とそこまで変わらなかったわよ。なぜ？」

「会いたい友達がいるんですが、いけなくなってしまって……」

「橋がこわされているからね。私が向こう岸まで乗せていきましょうか？」

「いや、それもできないんです。もともと一つの村だったのに、見た目や考え方、信じている神さまが違うってだけで、この村ととなりの村が争っているんです」

彼は肩をおとし、顔をくもらせました。

「どうやったらお互いが仲よくできるか、この世界の真実とは何か、毎日考えているんです。ところで、なぜあなたはここに来たのですか？」

私は旅の目的を説明しました。

「そんなカギがあるんですね！　村の争いでなくなった母親や友達と会いたいな」

「母親をなくしているの？」

母親をなくしながらも、前を見つめ懸命に生きている彼に心を打たれるのと同時に、いつまでも落ち込む自分を比べてしまいました。

「けど、カギは必要ないかな」

「必要ないの？　母親や友達に会いたくないの？」

「会いたいですよ。けど、空を見上げれば、温かく見守ってくれている気がするし、木漏れ日の中や、花のおどる姿の中にもいる気がするし」

私はつい彼から目をそらしてしまいました。

「カギを発見しても、しなくても、世界の話をゆっくり聞きたいんで、また会いに来てくださいね。あと、世界のどこかで神さまを発見したら教えてくださいね。僕の名前はハテと言います」

「もちろん。私の名前はイベ」

ああ、どうやったらハテのように考えることができるの？

太陽と星は何度入れかわったのでしょうか。

その度カギがないか、落ちてこないかじっくり見ていました。流れ星を見つけたときは、その方角に急いで向かいました。

丘の上の石舞台で、星の香りを肺に入れ、休憩していました。満天の星空は、手が届きそうなほどにきらめいていて、風が草をゆらすと辺りを光が演舞しました。

「あれ、あの星は他と違う」

数ある星からひとつ、どこか見覚えのある星に心が引き寄せられました。地上を離れ、荒くなる呼吸を抑えながらその星に近づいていくと、そこにはなんと我が子がいました！

「ああ、そこにいたのね！　どうやったら宇宙を飛んでいけるの？」

私の口ばしのガタガタと鳴る音が、大地に響き渡っていくのがわかりました。せっかく見つけたのに会いにいけない。

「神さま、早く我が子に教えてあげて。母がここにいることを！　もしくはあの星まで橋をかけて」

しかし、いっこうに何も変わらず、ただ風が頬をかすめるだけでした。

「神さま、あなたは何もしないのね。わかったわ」

私は我が子の名前を、世界をゆるがすがごとく叫びました。それは星たちにこだまし、宇宙に広がっていきました。そして我が子にもその声が届いたのか、こちらを振り向きました。

「私よ！　私！　お母さんよ！」

そこで私は目覚めました。星の吐息が聴こえそうなほど、静かな夜でした。ああ、夢だったのか……。涙で濡れた翼が乾くまで、しばらくその場に立っていました。


「ねえ、我が子よ、どこにいるの？」

ある日、きれいに咲く花を発見しました。

「この花は何という花？」

私は木の枝にとまる小鳥に話しかけました。

「これは桜という花ですよ」

はかなく淡いピンク色の桜はまばたきを忘れるほどきれいで、青空によく合い、月に照らされると湯の泉につかったように心はうっとりしました。雨に濡れると風景から鮮やかに浮かび上がり、風が吹くといさぎよく散っていきました。私は散らないでと願いました。

風をにらみながら。しかしずっと散らないのであれば、私は十日以上もここにとどまっていたでしょうか。

ある日、私は飛んでいるときに、大事なものを落としました。我が子が育てていた花の種です。広大な草原に落としてしまい、私は途方にくれました。しかしそれを見ていたリスたちが私のために、野花をかき分け、チョウチョやトンボにも声をかけ仲間を増やし、上空を雲が通りすぎ影が一帯を覆っても、何日もかけて探してくれました。そして温かい土の上で発見したとき、私は深くお辞儀し、感謝を伝えました。

ある日、私が深い森の中で迷ったとき、ある動物が夜遅いのにもかかわらず、木の間からこぼれるわずかな月明りをたよりに、目印となる場所まで連れて行ってくれました。名前を聞くと、名前なんてどうでもいいですよ。旅、気を付けてくださいね、と一言で去っていきました。

ある日、霏々として降る雪の結晶を、羽に乗せ遊んでいるとき、ふと思いました。

「雪の結晶、あなたは偶然私のもとに来たの？　それとも必然？　神さま、あなたが私たちを引き合わせたの？」

その芸術作品は一瞬にして体の熱で溶けます。もの悲しくなる時間も与えず、空から次々と降りそそぎます。どういう感情を持てばいいのかわかりませんでした。

ある日、渓谷に架かるつり橋にうつろな目をした見慣れない鳥がいました。目の前は、雄大な岩肌にエメラルドグリーンの水流がぶつかりしぶきを上げています。気になり声をかけると、こう答えました。

「人生が辛い。誰かと比べて、能力がない自分が嫌いだ。自分らしく生きたい。容姿に自信がない……」

鳥の口から次から次へと不満がこぼれてきました。私は励まそうと語気を強めて言いました。

「心の視点を変えてみるのはどう?」「一つの考え、一つの道に縛られないで」「この世界は色々な人がいるから面白いじゃない?」「他の人がどう言おうと思おうと、幸せはあなたの心が決めることよ」「心の耳を澄ますと、風も神さまの吐息に感じ、世界すべてが贈り物に感じるほどよ」「あなたは一人じゃない。大丈夫、一緒に頑張りましょう!」

あれ、私が励ましている……。

そう、この世界はどこをとっても同じ場所がなく、素晴らしいものでした。多くの仲間たちと出会い、助けてもらい、いつしか笑っている自分がそこにいました。

旅の最初と同じ場所を通ったはずなのに、前より明るく世界は見えました。太陽や星や月だけが世界を照らしているのだと思っていましたが……。

私の心の中で種が芽生えるように、ハテの意味がわかり始めました。

そして、ある日のこと。砂ばくの砂ひとつひとつを調べていたら、日の光に体力をうばわれ、その場から動けなくなりました。

「ああ……我が子に会いたかった。この目で見たかった。この手で抱きしめたかった……。ねえ、会いに来てくれない？　せめて声だけでも……」

とうとう立つこともできなくなり、倒れこみ、目をゆっくり閉じました。

薄れゆく意識の中、風がいつになく優しく頬を撫でていくのだけがわかりました。

「大丈夫ですか！」

どこからか声がしました。

「……ん？　これは夢？　現実？」

目を開けると、前にはタヌキが立っていました。少ない食料をくれようとしたので、私は一度断りましたが、

「見過ごせるわけないじゃない！　さあ、はやく食べて」

そう言い、私に食料を分け与えてくれました。名前はアスと言うそうです。命と存在の大切さ、重さを教えてくれました。

「ありがとう。本当にありがとう」

感謝の気持ちをもっともっと伝えたかったのですが、食料が少ないので、すぐに別れを

告げ、飛び立ちました。

夕日は世界をつつみこむように大地に降りそそぎ、草一本の色まで分けへだてなく染めていき、花の色さえも変えるほどでした。私の白い体は黄金色の服をまとったようでした。しかも一刻ごとにその服の色は変化します。

「まったくこの世界は完璧じゃない？　それなら私が今ここに存在しているのも……」

壮大な景色を見て、不思議と、魂は永遠だということを感じました。

「ねえ、この世界は本当に存在しているの？　夢？　現実？どっち？」

私はアスの食料が少ないのを知っていたので、食料を手に入れるとすぐにアスの足跡を追いました。それはちょうど、見事に虹の咲く方向でした。

アスを発見すると私はすぐに降り立ち、食料を渡しました。アスは力いっぱい私の翼を握り、そして頭をうずめ、感謝してくれました。またアスから命と存在の大切さ、重さを教わりま

した。

飛び立ち、しばらく経つと、夜空に大きなネックレスのような虹がかかっていました。

「そういうことよね……」

涙が生きているかのように私から飛んでいきました。その涙が星に照らされると、あの虹とおなじ輝きではっと息をのみました。少しの間、羽ばたくことを忘れて見入っていると、その光の生物は私のそばをしばらく舞いました。

それから私を一番運んでくれた風に、深く感謝しました。

☆

ベランダに降り立つと、羽をふって少女を呼びました。

「あ、イベさん！」

少女は窓を開け、私の顔を見るやいなや、こう言いました。

「良かったですね！　カギが見つかったんですね！」

永遠にうたうハテ

「またハテのやつ、本を読んでやがる」

「ハテ、お前はそれで一体何をしたいんだ？　本をたくさん読んで結局世界は変わったのか？」

「ハテに言ってもムダだよムダだよ。あいつは知識だけで、何も行動できないんだから」

同級生から、まるで大雨に打たれるように罵声を浴びせられ続けた。あいつらには何もわからないんだ、とハテはつよく唇をかみ、学び舎を逃げるように去った。

「僕はただ、みんなの笑い声をまた聞きたいだけなんだ。世界で一番うつくしい音色を聞きたいし、うたいたいんだよ。こわされた橋の向こうにいる村のみんなと、ここの村のみんなが争いを止め、昔のようにお互い笑顔で暮らせることを願っているんだ」

ハテは毎日のように学校帰り、川へと向かった。そこから向こうの村が見える丘に登りよく寝そべっていた。

ある日のことだった。その日は夕日がふとんのように暖かくて、うっかり寝てしまった。そして目を開けたときには夜で、遠くの空には、まるで星が手をつないだような輪が浮かび上がっていた。

「どういう自然現象？　本にもこんな現象載っていないし、初めて見るものだなあ」

遠くなので目をこすってもよく見えず、近くに行こうとしてもあまりにも距離があったので、しぶしぶあきらめた。

「しまった早く帰らないと、父親に怒られる」

ハテは冷や汗をかきながら、急いで家路に向かった。

それからしばらく経ったある日のこと、いつものように丘で寝そべっていると、風とともに聞いたことのある声に呼ばれた。

「ハテ、元気にしていた？」

ハテは体を起こし、その声のもとに顔を向けると、そこにアスがいた。

「アス！」

ハテは嬉しさのあまりアスに抱きついた。

「お久しぶり、アス。元気そうで良かったよ。どうだった？　永遠のネックレスは手に入った？」

アスは一点の曇りもない笑顔でこう答えた。

「永遠のネックレス、なかったんだ」

思いもよらない答えにハテから笑顔が消えた。

「え、なかったの？」

ハテがもう一度確かめるようにたずねると、アスはしっかりと首を縦にふった。そして
こう言った。

「そんなものはなかったんだ。けど、発見したんだ」

「なかったけど、発見した？」

ハテは首をひねった。

「うん、だからそのことを話しに長老のもとへ戻るところなんだ」

困惑するハテにアスはこう言った。

「何かあった時、永遠のネックレスを思い浮かべて。一つひとつ様々な色を輝かせる。あ、
そうだ」

アスは首に手を伸ばした。

「これ、自分で作ったネックレスなんだ。永遠のネックレスのことは、これがあると思い
浮かべやすいからプレゼントするよ」

毛におおわれて見えなかったが、アスの首にはネックレスがつけられていた。角度を変えると様々な色に変化する素材でできたネックレス。アスはそれをハテに手渡した。ハテはそれをどこかで見たような気がしたが、思い出せなかった。

「だれと話しているんだ！」

後ろにハテの父親が立っていた。アスは父親からつかまれたが、振り払って逃げ去った。土ぼこりが辺りをおおう。

「外のものと話すのは禁止しているはずだぞ」

背を向け走り去るアスに、ハテはまたの再会を願った。するとアスは遠くの方で一瞬振りむいてうなずいた。その日、ハテは父親からきびしく説教をうけた。

それからしばらく経ったある日。いつもと同じ風が吹く丘でぼうっとしていると、どこからかリスたちの会話が聞こえてきた。

「ねえ、あの白い雲、アーモンドのように見えない？」

「あれはどう見てもドングリだよ」

「ドングリだって？　あれはウサギさんの顔だよ！」

「ハハッ。どいつもこいつも。あれは金魚のフンだよ」

「金魚のフン!?　どうやってそう見えたんだろう？」

「あれは、何か笑っているような感じがする」

「違うよ。あれはだれかが空色に塗り忘れたんだよ」

「あ〜〜みんな全く違うね！　あれは……」

ハテは気になり、空に浮かぶ雲を見つめた。迷い込んだのか、旅しているのか、ポツンと雲が空に浮かんでいた。

「あれは白い鳥、イベさんのように見えるよ。そういえば無事にしているのかな……今、笑っていることを願うよ」

鳥が羽ばたいたときに出るような風がハテを包んだ。

「おなじ白い雲を見ているようでも、それぞれの見え方、感じ方は違う。けど、おなじ白い雲を見ているのはたしかだ。それと一緒で、おなじ世界を見ているようでも、それぞれの見え方、感じ方は違う。村の争いはけっきょく、考え方の違いから生まれたもの。考え方が違っても、同じ平和という理想に向かって、お互い尊重しあえばいいだけなのに、なぜそんな簡単なことができないのだろう」

白い雲は揺れ始めた。やがてそれは大きく風船のようにふくらんでいった。

「あれ？」

ハテは勢いよく立ち上がり、大きく手を振った。もしかして！

「イベさん！」「ハテ！」

嬉しさで全身を赤らめたイベは、大地に足をつけると包むようにハテを抱きしめた。ハテは母との思い出が一瞬よみがえった。イベは子供との記憶が一瞬よみがえった。

「お久しぶりです、イベさん。元気そうで良かったです。どうでした？　風をつなぐカギは手に入れましたか？」

イベはこれ以上ない笑みで、

「風をつなぐカギ、なかったの」

そう、答えた。

「え、なかったんですか？」

ハテがもう一度確かめるようにたずねると、イベはくちばしを上から下にしっかりふった。深く頭を垂れるハテに、イベはこう言った。

「そんなものはなかったの。けど、どうやら発見していたの」

「なかったけど、発見していた？」

「ええ、旅で出会った少女が教えてくれた」

「そうなんですね。くわしく知りたいです」

「ただ……言葉では説明できないの。どうやって表現したらいいのか……」

イベはうつむき、視線をさまよわせた。

「まあ、イベさんが笑顔ならそれだけで嬉しいですよ」

「ありがとう。さあ、ハテと約束したので、今回の話をするわね」

イベは大冒険で自分が感じたことをすべて話した。その表情と体の動きから、どれだけ冒険が壮大なものだったか、大変なものだったか、喜びあふれるものだったか、ハテはくみとることができた。やがて太陽が山にもぐり始めるぐらい話は続いた。話の途中に出てきたタヌキが、アスということがわかり、さらに話に花が咲いた。イベはまだアスと再会できていない。

「アスやイベさんみたいに大冒険はできないけど、この争いを止める方法につながりそう」

「世界に触れるのは、何も大冒険をすることではないの。木に触れたり、花の香りを嗅いだり、そよ風に心の耳を澄ませたり、土を掘ってみたり、雲が流れる空を眺めたり、雪の結晶を手に置いて遊んだり、詩を書いてみたり、誰かとおしゃべりしたり、そういうことなの」

そのとき草むらから足音がした。その音から父のものだとハテはすぐにわかった。

「イベさん、はやく逃げて！」

「またお前はよそものと話しているのか！」

怒鳴り声があたりにひびき渡った。イベはつかまれそうになったのでとっさに空に飛んだ。銃口を向けられたので、イベが雲に隠れようとした瞬間だった。銃声が大きく鳴り響いた。

「イベさん！」

弾はイベの身体をかすめ、数枚の羽根が舞い落ちた。

「何するんだ、父さん！」

「この前のタヌキといい、今回の薄汚い鳥といい、お前は何を話しているんだ。よそものとの接触はこの村では禁止なんだぞ。今夜は家でみっちり説教してやる！」

「いたいよ」

ハテは父に強く引っ張られ、家に連れていかれた。父はドアを閉め、顔を近づけた。

「ハテ、わかっているか。外部のものは正しくない思想をもっているんだ。未熟で可哀そうで、我々より格下なんだ。いっぽう我々の村の教祖は神の生まれ変わりで唯一信じるに値する者であり、この世の救世主なのだ。その教えを広げるにはみんなからお金を集め、宣伝し、立派な建物をつくり、信者を広げていく。多くの魂を救うという立派な仕事をするのだ。ときには暴力を行使してもいい」

父は心臓の位置に手をおき、頬を紅潮させ言った。

アスはあのときこう言った。何かあった時、永遠のネックレスを思い浮かべて、と。いや、アスからもらったネックレスがある！　ハテはネックレスを手に取り父の目の前に置いた。

「父さん、これを見て！　外部のものは正しくない思想をもっている？　これを見てそんなこと言える？　未熟で可哀そうで格下？　これを見てそんなこと言える？　村の教祖は神の生まれ変わりで救世主？　これを見てそんなこと言える？　ネックレスの素材、大きさ、形、一つひとつどれも一緒じゃないか！」

父の顔つきは怒りに満ち始めた。だが、ハテはひるまずにつづけた。

「多くの魂を救う？　これを見てそんなこと言える？　**こんなにきれいに輝いているのに、これ以上何を救うんだよ！**」

父は白目をむくほどに目を見開いた。

「ときには暴力を行使？　これを見てそんなこと言える？」

「この村の教えに抵抗するのか！」

父は発言をさえぎり、ネックレスをハテから奪いとり、壁に投げつけた。ネックレスの一部が欠け、床へと落ちた。

「あれを見て。一部が欠けただけで全体が悲しく見えない？　誰かの悲しみはすべての悲しみに見えない？」

「くぬぬ」

父はハテの胸をつかんだ。ハテはその手を振りはらい急いで家を出た。振り向くと父は銃口をハテに向けていた。

「うそでしょ……」

時の流れが止まったように見えた。ハテはまさか父に銃口を向けられるとは思ってもみなかった。

「こっちよ。はやく乗って」

その時だった。イベがハテのもとに舞い降りた。ハテはイベの翼をつかみ飛び乗った。

イベは夜の森林の中をかき分け、遠くの山まで向かった。

「夜の闇に隠れながら、家の上でそっとあなたたちの会話を聞いていたの。ごめんなさい。私があなたのもとを訪れたせいで、このようなことが起きてしまって。強く信じているものを否定されるのは、人によってはこんなにも憎悪を生み出すものなのね」

ハテはショックで何も口にすることができなかった。

「お互いの考えを尊重したらいいだけなのに、暴力行為や受け止めがたい考えが相手にある場合、対立が生じてしまう。難しいね、この世界」

ハテは我にかえると、振り絞るように声を出した。

「何をしたら、村同士が平和になるかわからないんだ」

そして今まで奥に潜んでいた感情が爆発したようにハテは叫んだ。

「近くのものにさえなかなか僕の想いが伝わらないんだよ」

イベの翼は大雨をかぶったかのようにハテの涙で濡れた。

「まるで大きな壁が立ちはだかり、何も伝わらないんだ！　となりの村と戦うしかないとか、私たちは優秀な民族だとか、私たちの宗教が正しいとか、経済的な成功がすべてだとか、お前の人生は不幸だとか決めつけ、何をどうやっても伝わらないんだ！」

イベは振り向きハテに言った。

「伝わらなくてもいいんじゃない？」

ハテはイベを見つめた。

「その問いにアスの発見したネックレスが答えているんじゃない？　結局あなたが変わるしかできないのよ。あなたの輝きが変わり、周りはあなたを見て、どう思うかだね」

「ネックレスは深いなあ……。ねえ、イベさん。お願いがあるんです。この村の長老のもとへ連れていってもらってもいいですか？　独りになってしまい、帰るところがそこしかないんです。長老は村でゆいいつ中立的な立場だったけど、それが気に食わないものから村のはずれまで追い出されてしまったんです」

「ええ、わかったわ。けど、その前にネックレスはこう言っていない？　あなたは一瞬たりとも独りになったことはない。すべてはつながっているからね」

「一本とられました、ハハハ」

ハテからやっと笑みがもれた。ハテの案内する方向へ、イベは飛んだ。

向かう途中、丘の上の石舞台で休憩した。

夜の香りが大地をおおい、星は手に触れられそうなほど大きく、生きているようだった。いや、生きていた。風も星の吐息のように感じるほどだ。イベも鮮やかに光り輝いていた。

「ねえ、イベさん、あのとき質問し忘れていたものがあって」

「ええ、どんな質問？」

「旅の途中、神さまはどこかにいましたか？」

数秒の沈黙が続いた後、

「どこかには、いなかったわ」

「そうなんだ。神さまに色々聞こうと思っていたのに」

ハテはため息をついた。

「どこかにはいなかったけど、どこにでもいた」

イベは微笑みながら話をつづけた。

「神さまは宇宙一、かくれんぼが下手なんだと思うわ」

「え、どこ？　どこにいるんですか？」

ハテは首をあらゆるところに曲げた。すると、

「え、何これ？」

あたり一面、星の輝きでおおわれていた。イベの方を向くと、イベも星色となっていた。

ハテはイベに話しかけるのも忘れ、その輝きに見とれていた。

いつからそうなったのか思い出せないぐらい、悠久の時を経た。この輝きは表現できないほど美しい。表現できないほど素晴らしい。感動を超えるぐらいだ。

けれど。ハテは思った。この輝きはどれくらい美しいの？　どれくらい素晴らしいの？

どれくらい胸打つの？　ハテは空に叫んだ。

「ねえ、お星さん！　ちょっと夜空を見せてくれない？　決してあなたたちが嫌いではないんだ。知りたいんだよ。どれくらいあなたたちの輝きが美しいのか、どれくらい素晴らしいのか、どれくらい胸打つのか！」

『わかりましたよ』

一部の星が、流れ星となり、宇宙のかなたに旅をしにいった。そして夜空が顔を出そうとしたところ、

「ハテ」

イベの声に、ハテは目を覚ました。

「もう、朝よ。昨日は疲れていたのでしょうね。ここに着いたときには、もう眠っていたわよ。しかもずっと笑顔で」

ハテが急いで空を見上げると、太陽が山の間から顔をのぞかせていた。

「あれれ、昨日はとても不思議な夢をみましたよ」

「ハテもここで不思議な夢を見たの？　そういえば私もここで、我が子が星と一緒に宇宙にいる夢を見たの」

あれは夢？　現実？　どっち？

ハテはなかなか夢の出来事で片づけることができなかった。

そしてハテの長老がいるという目的地に向かったが、そこに長老はいなかった。

「長老の住んでいる場所、ここだと思ったんですけど」

「わかったわ。見つかるまで、探しましょう」

それからイベとハテはずっと空を舞った。

「ごめんなさい、付き合わせてしまって。イベさんもイベさんの村の長老にまだ会えていないというのに」

「気にしないで。これも最高の旅のひとつよ」

空をさらに高く舞ったときだった。はるかかなたにふと心を揺さぶるものをイベは発見した。

「あれ、あの花は……」

切り立った大地にポツンと咲く花をめがけ、イベは無我夢中で飛んだ。突然速度をあげたので、ハテはあわててしがみついた。

「やっぱり！」

その花のそばに降り立つと、まるで砂ばくから湧いた一滴の水のように大切に花を撫でて、ハテに言った。

「これは我が子が大切にしていた種から育った花よ」

その花は、夜空と星を思わせる模様だった。

「……ん？　ってことは……」

後ろから足音がした。イベとハテが振り向くとそこにはアスがいた。

「アス！」

イベはすぐにアスのもとにいき、翼でアスを包み込んだ。

「イベさん、元気で良かった！　まさか再会できるなんて」

「私もアスにまた会えて心から嬉しいわ。永遠のネックレスのこともハテから聞いたわよ」

アスはその後、ハテの方を見て、

「ハテもまさかこの場所で会えるなんて。ところでなぜ二人はここに？」

ハテは先日の出来事を説明した。

「そうなんだ。それは辛かっただろうに」

イベも同じ質問をした。

「なぜ、アスはこの場所に？」

空に近い丘のいただきの風は、強く吹きつけ、みんなの体毛をゆらしている。

「長老がここに住んでいて、しばらく住まわせてもらっているんだ。たくさん食料もあるし、おいしい水もあるし、イベさんからもらった種も、花となりすくすく育っているよ」

イベはあらためてまわりを見渡すと、見覚えのある場所と気づき、胸が高鳴り始めた。

するとと背後から声がした。


「アス、だれと話しているんだ」

振り向くとそこに長老がいた。イベは両眉を上げ叫んだ。ハテも声を上ずらせ叫んだ。

「長老！」

そのあと、みんなでどういうこと？　と顔を見合わせた。イベは言った。

「え、私の村の長老だけど……」

ハテも頭の毛をかきながら言った。

「え!?　僕の村の長老ですけど……」

アスはその様子を見て、何も言えずにきょとんとしていた。

長老はゆっくり口を開いた。

「イベ、ハテ。よく来たな。そう、私はあなたがた三人の長老だよ。あなたがたが勝手に村を線引きしただけで」

やっとみんな理解し始めた。

「ところでイベ、言い伝えのカギをどうやら発見できたようだな。君を見た瞬間、すぐにわかったぞ」

イベはうなずいた。長老はそれ以上聞くことはなかった。

「ところで、ハテ。どうしたんだ。こんな場所まできて」

ハテは先日の出来事を説明した。

「どうやったらいいかわからないから、長老のもとへイベさんに連れてきてもらったんです」

長老は遠い空を見つめ、ゆっくり口を動かした。

「ハテの村に、そして対立する向こうの村にこういう言い伝えがある。ここに割れた石板がある」

長老はそういうと、大地にささった石板を抜き、手に持った。

「これは永遠をつなぐ石板と呼ばれている。向こうの村にもその割れた石板がある。それらが元通りになった時、世界に平和が訪れるという」

「ちょっと待ってください」

ハテは一歩、長老に足を近づけた。

「それは村同士が平和になってからこそ、石板が一つになるんじゃないですか？」

「……」

「平和になるなんてモノはない」

「……」

「すべては心と行動にかかっている、ということか」

ハテの言葉に長老は目をつむりうなずいた。

……ように見えた。そよ風が吹いたので、それに揺られただけかもしれないが。

雲から太陽が顔をのぞかせ、風にも色を染めていく。

「ちなみにあそこに橋が見えるだろう」

長老は指をさし、

「あれはアスが渡ってきた橋だ。アスもハテも気づいていなかったが、アスはハテと争っている村のはずれの出身だ。そんなものなんだよ、世界は。アスとイベも大冒険でわかっただろう。世界はどこまでもつながっていることを」

ではどうすればいいか、特に長老は話さなかった。ハテもそれ以上、聞き出そうとすることをやめた。

長老のもとを去るとイベはハテに聞いた。

「具体的な答えを聞かなくてよかったの？」

ハテは力強くうなずいた。

「やってみようと思うことができました。素晴らしい体験をしたみんなの話を本にしてみようと思っています。そして出会う人々に読み聞かせる旅にでも出ようと。協力してくれますか？」

アスとイベは、

「もちろん！」

みんなで笑いあった。その笑い声は、ハテが一番聞きたい音色だった。

「そして読み聞かせた後、何も描いていない白い紙を渡すんです。この世界の作者たちにも描いてもらおうと。なんでもいいんです。自分の叶えたい夢でも、目の前の目標でも、大きすぎる願いでも、この物語の続きでも。あの時リスたちは雲を自由に表現していました。なんの制限も、疑いもなく、自由に。心はあの空よりも、宇宙よりも広大で、なんでも生み出すことができる、存在する何よりも強いものだと思いました」

「それはとてもいいアイデアだ」

アスは白い歯を見せ言った。

「アスならそこに何を描く？」

イベはアスにたずねた。いきなりの質問にアスは視線を空にさまよわせた。

「え〜っと……ネックレスを作るのが得意だから、欲しい人にプレゼントするとか、周りにいる人の笑顔をひとつ増やす。かな？　ハテの行動と比べてちっぽけかな」

「いやいや、大小なんてないわ。大切なのはその気持ち。同じく素晴らしいことよ」

空は世界のすみずみまで吹いていき、風はどこまでも澄みきって美しかった。

イベは翼を広げ、アスとハテを乗せようとした。しかしハテはなかなか乗らず、あたりを見回した。

「どうしたの？　何を探しているの？」

「イベさんはどれくらいまで乗せられますか？」

「どういうこと？」

「この冒険と挑戦は多くの主人公が創りあげていくものだから。この世界は私たちみんなが創りあげていくのだから」

「それなら私はいつでも、どこでも、何度でも協力するわ。みんなの情熱がある限り、私は喜んで向かうわ」

アスもあの果てしない空を飲み込むほどに口を開けた。

「ハテが望むならなんだって協力する！　必要であれば、いつでも、どこでも駆けつけるよ！」

「ありがとう。アス、イベさん。ねえ、なんでそこまで優しくしてくれるの？　温かいの？」

「ハテが私たちにそうしてくれるし、ハテが世界をそうしようとしているからよ！」

「ありがとう。本当にありがとう！」

みんなの思いがハテの目に涙を描き、涙はまるで故郷に舞い戻っていくように空を飛んだ。

「神さま。アス、イベさんという贈り物を届けてくれてありがとう。僕が手を伸ばしたとき、引き合わせてくれたことに感謝しています」
その涙は、いつか見た星が手をつないだような輪と同じ輝きをみせた。

☆

一つひとつはつながっていて、すべてを形作る完璧なひとつだった。ひとつはすべてにも見えた。すべてはひとつだった。そこに大小はなく、優劣もなく、対立するものもなかったんだ！　様々な輝きをはなつネックレスは、あてはまる言葉がない美しさだった！

ハテは読み聞かせた後、みんなにこう問いかけた。
この話は夢、現実、どちらになるだろうか。

— さあ、書（描）いてみましょう —

永遠の虹

2024年4月3日　第1刷発行

著　者　アキ☆ラビスタ

イラスト　中野愛菜

発行者　太田宏司郎

発行所　株式会社パレード
　大阪本社　〒530-0021　大阪府大阪市北区浮田1-1-8
　　　　　　TEL 06-6485-0766　FAX 06-6485-0767
　東京支社　〒151-0051　東京都渋谷区千駄ヶ谷2-10-7
　　　　　　TEL 03-5413-3285　FAX 03-5413-3286
　https://books.parade.co.jp

発売元　株式会社星雲社（共同出版社・流通責任出版社）
　　　　〒112-0005　東京都文京区水道1-3-30
　　　　TEL 03-3868-3275　FAX 03-3868-6588

装　幀　河野あきみ（PARADE Inc.）

印刷所　創栄図書印刷株式会社

ISBN 978-4-434-33674-4　C0093